FANCHONNETTE

A

JERÔME,

SECONDE

HEROÏDE POISSARDE.

Par M. T...

A LA RAPE'E,

M. DCC. LIX.

AVERTISSEMENT.

CETTE Héroïde sert de réponse à une autre, qui a pour titre (*Jérôme à Fanchonnette.*) Le favorable accueil que le Public a bien voulu faire à la premiere, a engagé l'Auteur à hazarder cette seconde Poissarderie, voyant qu'il pouvoit dire après le fameux la Fontaine : *

* *Le changement de mets réjouit l'Homme.* Les Troqueurs, Conte.

FANCHONNETTE

A

JERÔME,

SECONDE

HÉROÏDE POISSARDE.

'AI reçû z'avant-hier ta lettre ; cher
JERÔME,
J'en suis t'encor r'emplie & toute je n'sçai
comme :
J'ai regretté c'Vadé, lequel tu m'parles tant ;
Mais on devient mortel drés que z'on est vivant ;
Il faut passer par là z'ou ben par la fenêtre ;
Je serons morts tantôt, ce soir, s'te nuit peut-être,
Le plus fin z'Horlogeur, le mitroscope en main,
Au cadran de la mort ne peut connoître rien.

N'y a que le Bon Dieu qui fçai ce qu'il n'veut pas
        qu'on fave,
L'Chérugien veut juger, mais moi je dis qu'il bave,
Et que vouloir le croire à fon oüi z'à fon non,
C'eft vouloir chanter l'air fans fçavoir la chanfon.
A propos de chanfon, j'aime quand tu m'en parles,
Nos Chanfonniers Poiffards font z'encor de bieaux
        marles ;
Je ne fçai ce qu'en eft d'ans l'quarquié de chez vous,
Mais on n'eft guère en train d'chanter z'au Gros
        Caillou ;
Ou ben faut répéter c'qu'on fçai d'ancienne date :
L'nouveau z'eft fi mauvais que notre voix nous ratte.
Le moyen de chanter, comme dit c't'autre bien,
Si la parole & l'air tous deux ne vallons rien !
Voudra-t'on z'ennuyer toute une compagnie ?
Pour moi j'aimerois mieux n'en tâter de ma vie ;
C'eft pourtant queuque chofe affez ben amufant,
Que d'fçavoir des couplets qui font faits gentiment.
En v'là qui font fus c't'Air dont je fuis fi jaloufe,
C't'Air de c'Monfieur Favart qu'a fi gentille Époufe !

CHANSON NOUVELLE.

(Air : *R'li, r'lan. R'li, r'lan.*)

FILET's, z'accourez pour entendre
L'récit d'un Amant généreux,
Ses parens n'voulions pas l'y rendre
Réponse au surjet de ses vœux :
Comme il étions t'à la campagne,
Il fut les trouver z'hardiment,
   R'li, r'lan, r'li, r'lan,
R'lan-tan-plan, y vous les r'magne,
R'lan-tan-plan, tambour battant.

Oüi, dit Cadichon z'en colere,
Je veux Fanchon z'& j'en suis coëffé,
Ah ! p'tit coquin, répond le pere,
Contre moi j'te vois rebifé :
Si tu me fais quitter ma hotte,
Je m'en vais t'en donner ch'numene,
   R'li, r'lan, r'li, r'lan,
R'lan-tan-plan, j'te déculotte,
R'lan-tan-plan, tambour battant.

Cadichon voyant son bec jaune,
S'en fut trouver Monsieur l'Curé,
Il vous y'en dit tout du long d'l'aune,
Et l'y fit voir son cœur navré :
Mais faut z'avaller la couleuvre,
Le Curé lui dit, mon enfant,

R'li , r'lan , r'li r'lan ,
R'lan-tan-plan , v'ot pere est d'l'Œuvre,
R'lan-tan-plan , tambour battant.

❀

Je n'irai pas pour d's'amourettes,
M'brouiller z'avec un Paroissien ,
Croyez-moi , restez comm' vous êtes,
Et vot' papa n'dira plus rien :
Si vous m'promettez d'vous résoudre,
A n'plus aimer dorzénavant ,
R'li , r'lan , r'li r'lan ,
R'lan-tan-plan , je vais vous absoudre,
R'lan-tan-plan tambour battant.

❀

Voyant que le Curé veut faire
La volonté du Marguillier ,
V'la Cadichon qui s'désespere,
Il dit qu'il va s'aller néyer :
Puisqu'on y'esbigne sa Maîtresse,
Il veut mourir absolument ,
R'li , r'lan , r'li , r'lan ,
R'lan-tan-plan , il se confesse,
R'lan-tan-plan tambour battant.

❀

Mon pere , dit-il , je m'accuse
D'avoir entré chez ma Fanchon ,
Et de y'avoir ôté par ruse
Un bouquet qui sentoit ben bon :
Y n'faut rien z'avoir à personne,
V'la ma pipe à tuyau d'argent,
R'li , r'lan , r'li , r'lan ,

(5)

R'lan-tan-plan , j'veux qu'on lui donne ,
R'lan-tan-plan tambour battant.

Une autre fois j'fus dans fa chambe ,
Elle dormoit comme un fabot ,
J'lui pris fa jarquiére à fa jambe ,
Et pis j'la mis à mon chapot :.
Elle vouloit que j'lui rapporte ,
Moi z'auffi-tôt j'fit z'un ferment ,
    R'li , r'lan , r'li , r'lan ,
R'lan-tan-plan , l'diable m'emporte ,
R'lan-tan-plan tambour battant.

Un jour que je goutions t'enfemble
Tête à tête , étant rien qu'nous deux ,
N'vla t'y pas ma Fanchon qui tremble ,
Et qui s'trouve mal on n'peut pas mieux ï
Falut d'abord coucher la belle ,
Et la tenir ben chaudement ,
    R'li , r'lan , r'li , r'lan ,
R'lan-tan-plan , j'eus ben foin d'elle ,
R'lan-tan-plan tambour battant.

Ce jour la j'eus un témoignage
Qu'elle m'aimoit z'en vérité ,
D'mon côté j'lui donnit z'un gage
Qui vous lui rendit la fanté :
Il faut me la bailler , mon pere ,
Je fçais pour fon tempéramment ,
    R'li , r'lan , r'li r'lan ,
R'lan-tan-plan , ce qu'il faut faire ,
R'lan-tan-plan tambour battant,

A iiij

Le Curé voyant ç'te parole,
S'en fut pour trouver le daron ,
Et comme un bon maître d'école ,
Il vous l'y baillit c'te leçon :
Compere , il faut cette alliance,
C'eft z'un mariage abfolument ,
  R'li , r'lan , r'li , r'lan ,
R'lan-tan-plan , plus de confcience ,
R'lan-tan-plan tambour battant.

Le pere ayant figné la chofe ,
Cadichon s'en revint joyeux ;
Amans , pour gagner votre caufe ,
Soyez conftans & courageux :
Pour former z'une tendre chaîne ,
L'Dieu d'amour veut premierement,
  R'li , r'lan , r'li , r'lan ,
R'lan-tan-plan que l'on s'y prenne ,
  R'lan-tan-plan tambour battant.

Si c'tella te convient , JERÔME , fert-toi z'en ,
T'y donneras le ton , toi qui fçai le tran tran.
Quant à moi , z'apréfent , je ne fuis pas r'en joie ,
Et voudrois ben d'ma piéce avoir z'en la monnoie.
Je fonge qu'on vieillit , z'& j'ai déja vingt ans !
Il faut z'encore attendre après tous ces Avents ,
Pour pouvoir nous marier tout à fait l'un à l'autre ;
Chaque chofe a fon tems , je n'avons que le nôtre ;
C'te jeuneffe fe paffe auffi vite qu'un vent ,

Et queuquefois pluſtôt , ç’eſt s’lon comme on s’y
       prend :
Je crois qu’autant que moi t’as de l’impatience ;
Je ſommes d’âge à ça z’on n’eſt plus dans l’enfance :
L’amour aſſez ſouvent vient z’avant la raiſon ;
Pour moi je m’apperçois que j’en ai z’a foiſon.
Plus on voudroit l’chaſſer, plus on ſent qu’il demeure ;
Il eſt tems de cüeillir une poire auſſi meure ;
La varge z’eſt à ma main ce qui convient le mieux ,
Je voudrois l’avoir mis dix fois plutot que deux ,
Le tout ſans intérêt , mais tant ſeulement parc’que
Le cœur n’eſt plus tenté de faire aucune fraſque.
Quand on a ſon mari , z’on doit n’aimer que lui ,
Et non z’aller roder autour du bien d’autrui.
J’aimons à n’pas finir , cheux nous c’eſt le ſyſtême ,
Je ne ſçai ſi z’ailleurs c’eſt comme ça de même ;
Mais ici de tout tems v’la z’où le liévre gît ,
Du penchant de ſon amour perſonne ne rougit :
Souhaitons , cher Jerôme , un prochain z’himenée ,
Je voudrois vîte & prompt m’être déja donnée ,
Et te prouver en plein ſi mon cœur z’eſt conſtant.
Tu ſçai que j’ai déja mon petit contingent :
Mon trouſſeau z’eſt tout prêt pour commencer fa-
       mille ,
Si l’on n’eſt pas ben riche on eſt z’honnête fille.
J’ai toujours bien payé le maître d’not Bateau.
Pluſtot devant qu’après j’crache dans ſon Bureau
D’la petite monnoie , & puis après j’déboule ;

J'contente mes bourgeois, & Dieu merci ça roule ;
Auparavant d'finir, j'te dirai sans façon,
Que je n'suis pas contente en tout de ton alçon.
Tu me r'commande un point qu'est toujours ma cou-
         tume,
Drès que j'ai lû ton nom, j'mets l'cornet dans la
         plume….
Mais je me suis trompée & t'es cause de ça !
C'est la plume au cornet que j'voulois dire là.
Pourquoi me reprocher z'un semblable reproche ?
Quand faut faire réponse est c'que ta FANCHON cloche?
Drés que tu nous écris est-c'qu'on n'y répond pas ?
Pour te plaindre de moi, suis-je été dans le cas ?
C'est à moi bien pluftot z'a pouvoir te confondre.
JERÔME quelquefois fut court z'à me répondre ;
Mais oublions tout ça, z'on s'excuse en aimant,
Et si j'te gronde un peu, c'est qu't'as grondé z'avant.
Ne songeons qu'à z'hater l'jour de nos époufailles,
Quand j'naurois qu'un p'tit coin z'entre quatre mu-
         railles,
J'y vivrois sans pleurer le sort de mon destin,
Pourvû que j'y foyons tous deux soir z'& matin.
Dieu merci cependant, j'avons dequoi nous mettre,
J'ai z'encore acheté z'hier pour not'fenêtre,
Deux beaux rideaux bordés d'indienne tout au tour.
Ça vaut mieux qu'ces barreaux qui vous bouchons le
         jour,
Qu'on appelle des r'tors, ou ben des jaloufies ;

Là derriere on vous fait z'un tas de fingeries,
Qui fans aucun fujet z'infultons les paffans ;
Pour moi fans me cacher j'fais tout devant les gens ;
J'ai donc pris des rideaux, l'eux anneaux & la trin-
       gue ;
Un bon fourneau de terre, un gril, une feringue ;
Car il faut z'en ménage avoir qu'euqu'inftrument,
Pour fe donner foi-même un p'tit foulagement,
Sans aller employer Médecin ni ribarbe.
J'ai z'acheté de plus un baffin pour ta barbe,
Il faut fe ménager, car le tems eft ben dur ;
En fe rafant foi-même on gagne un fou de fur,
J'ai trouvé bon marché d'un gilet de futeine,
D'un armoire en noyé du faubourg St. Antoine,
D'une commode en bóis couleur de boüis béni,
D'un buffet de fapin z'à tiroir & verni,
D'un fabot que l'on pend pour ferrer l's allumettes,
D'un Armenac des mois pour voir comment vous
      êtes,
D'une canne pour toi, moitié bois, moitié jai,
De deux beaux pots t'à beure, & non beure de Mai,
Mais pots pour nous fervir de fontaine brillante,
Appellé, z'entre nous, fontaine raifonnante.
Pour du linge j'en ai, z'& qu'eft quafi tout neuf,
Chaque jour je m'en donne à ce bout du Pont-neuf ;
J'ai par précaution z'achetté vingt layettes,
Me doutant qu'avec toi les chofes font bien faites,
J'ai z'affin que tu fois un des plus fignallés,
Pris de beaux bas de foie, ils font refumelés

Mais ça ne paroît pas dans le fouyer : JERÔME,
Je ne veux pas qu'tu fois mis comme un je n'fçai
      comme :
T'as des effets , je l'fçai , mais j'veux qu't'en ait z'en-
      cor ,
Plus que tous ces farauds qu'on voit deffus not' Port;
Y'en a qui vous croyons t'éblouir FANCHONNETTE ,
Cadichon veut briller z'autant qu'une paillette ;
Charlot met de la poudre & fait le beau parleux ,
Guillaume & fon hautbois n'fçait rien qu'un air ou
      deux.
Y'en a z'encor plus d'un qui difons que j'fuis fiere ;
Mais de ces difcours là j'nous torchons le derriere ;
Tu peux t'mocquer z'auffi de c'qui difons de toi ,
Allons toujours n'ot train z'& crions vive l'Roi.
A propos d'not bon Roi dont tu me fais l'éloge ,
Vis-à-vis de c'tila tu n'eft qu'un Jacq' Déloge :
C'eft à toi d'te r'tirer z'& de refter penaut ,
Tu n'eft que fon fujet , n' t'léve pas fi haut ,
Jufqu'à vouloir parler de Sa Majefté , SIRE ,
Répétons vive l'Roi , c'eft tout c'que j'ons à dire ,
Sans vouloir gazouiller fur l'endroit z'oùs qui s'ra ;
Moi quand je l'vois cheux nous , c'eft figne que ça va
Son Portrait dans n'ot poche eft pire qu'une r'lique ;
Ceux à qui je l'montrons aimons notre pratique ,
C'eft à qui nous fera z'un accceuil le plus doux ;
Il eft vrai que fans l'Roi qu'etque j'ferions tretous ?
Quand on fonge à cela , z'& puic'que l'on y penfe ,

Si l'bon Dieu nous l'prenoit qu'eu foufflet pour la
     France !
Il eft vrai que j'avons z'un Dauphin d'bon alloi ;
Mais j'aimons encor mieux qu'il vive avec le Roi.
Quand un Monarque eft bon , z'il eft jufte qu'il
     reigne ;
L'amour de fes fujets doit t'nir comme d'la reigne.
Sans Louis ; c'eft l'troupeau qui paîtroit fans berger ;
La cloche fans battant , le glouton fans manger ;
Ainfi du refte ; car il faut que je finiffe ,
Tenir la plume échauffe , & je fens què ça gliffe ;
Ce n'eft pas que je m'ennui-ye en t'écrivant z'ainfi ,
L'objet z'en vaut la peine & je m'y pique auffi.
Le celui que j'adore eft Dieu merci z'un homme
Dont je voudrois t'en vain trouver le fecond tome.
Il vit dans mon efprit z'autant que dans mon cœur ,
Il a d'la probité , j'ai ma portion d'honneur :
V'la la raifon pourquoi j'veux mêler ça z'enfemble ;
Cependant j'fuis toujours comme la feuille qui trem-
     ble ,
Quand j'vois que l'on en voit n'pas réuffir fouvent ,
En voulant z'en mariage époufer l'eux Amant.
Quelquefois une fille ayant z'un cœur trop tendre ,
A regret par après de l'avoir laiffé prendre ;
Il faut d'la fermeté vis-à-vis d'un queuqu'un ,
Que rien n'foit pas trop rare & rien de trop commun ;
Montrer de la rigueur & n'point z'être cruelle ,
Plutôt vivre inconftant que d'mourir trop fidelle ;

En un mot z'en aimant s'y prendre comme il faut ;
Sans vifer à fon but z'ou trop bas ou trop haut.
Faut un milieu z'honnêté en cas de ces artiques ,
A celfin d'éviter les ceux qui font crétiques.
Pour moi j'n'ai d'ces défauts non plus que fur la main ;
Et j'vas , vente-l'en-z'en , toujours mon droit che-
     min.
Un jour z'un gros Monfieur z'en tenant fa lorgnette ;
Du côté qui groffit vouloit voir FANCHONNETTE ,
Il vous miroit d'vers moi fans pouvoir y'ajufter.
D'où vien ça ? C'eft qu'FANCHON y'empêchoit d'en
     tater ;
Il avoit beau cligner z'& m'chercher dans fa glace ,
Z'efte à tout bout de champ j'fçavions changer de
     place.
Ça fait taire le monde ; en s'y prenant z'ainfi ,
Déja fur c'pauvre fefque on jafe affez ici.
Il eft vrai qu'on en voit pour le peu qu'on les r'garde ;
Qui z'en fait d'l'eux honneur n'fe donnons nulle
     garde ,
N'faut pas être trop bonne eft-ce avoir d'la vertu ,
Que d'traiter un chacun z'a bouche que veux-tu ?
Le vrai plaifir d'aimer n'eft pas d'aimer tout l'monde !
Hier au foir z'encor , que je danfions en ronde ,
J'en ai vû qui prenions le premier v'nu ; eh ben !
Moi j'ai voulu choifir à qui j'donn'rois la main :
J'ai pris Mari-Louife & la gniéce à Guillaume.
Ah ! que n' pouvois-je alors prendre mon cher
    JEROME !

Que n'le tiens-je à préfent pour chaffer mon ennui !
Non, je n'danfe jamais fi bien que quand c'eft lui !
Si je n'fuis pas en train z'il fçait d'abord m'y mettre.
Mais, cher JERÔME enfin, z'il faut finir ma Lettre ;
Vien me voir z'au pluftot, tu dois fçavoir pourquoi,
Tu feras ben reçu, j'prends la chofe fur moi :
Ma mere fut z'un tems qu'elle avoit d'la colere,
Elle vouloit finir & tu ne pouvois le faire ;
Ta famille difions qu't'étoit trop jeune encor ;
Mais il y confentons z'apréfent qu'tés major. *
J'finis en t'embraffant z'adieu, mon cher JERÔME ;
Songe à bien ménager la fanté d'mon p'tit homme :
Je fçai que tu fatigue au méquier d'ton travail ;
Mais tu n'en eft pas moins vermeil comme un corail ;
Enfin t'es à mes yeux d'une beauté précoce,
Bon jour, bon foir, adieu, z'en attendant la nôce.

♣Majeur.

F I N.

www.ingramcontent.com/pod-product-compliance
Lightning Source LLC
La Vergne TN
LVHW010250060726
842527LV00007B/2722